CW00738809

**Ça fait quoi
d'être amoureux ?**

**Pourquoi Chloé
est en colère
quand Lisa a une
nouvelle robe ?**

**D'où viennent
les larmes ?**

**Pourquoi
on a peur souvent ?**

**Pourquoi
mon ami Akihito
ne montre pas
ses émotions ?**

**Mes parents,
ils éprouvent
les mêmes émotions
que moi ?**

**Pourquoi
ça fait du bien
de rire ?**

**Pourquoi je suis
ému quand
je regarde
un film ?**

© Éditions Milan, 2014
1, rond-point du Général-Eisenhower, 31101 Toulouse Cedex 9, France.
Mise en pages : Graphicat

Droits de traduction et de reproduction réservés pour tous les pays.
Toute reproduction, même partielle, de cet ouvrage est interdite.
Une copie ou reproduction par quelque procédé que ce soit, photographie, microfilm,
bande magnétique, disque ou autre, constitue une contrefaçon passible
des peines prévues par la loi du 11 mars 1957 sur la protection du droit d'auteur.
Loi 49.956 du 16 juillet 1949 sur les publications destinées à la jeunesse.

Dépôt légal : août 2014
ISBN : 978-2-7459-6782-4
Achevé d'imprimer au 2e trimestre 2019 en Chine
editionsmilan.com

Les émotions

Texte d'Astrid Dumontet
Illustrations d'Alex Langlois

MiLAN

Qu'est-ce que c'est, une émotion ?

L'émotion est une **réaction** du corps à ce qu'on est en train de vivre.

Les émotions les plus faciles à identifier sont la **joie**, la **tristesse**, la **colère**, la **peur**, l'**étonnement**, le **dégoût**. Mais il y en a bien d'autres : la honte, la fierté, la jalousie... Te souviens-tu de la dernière émotion que tu as ressentie ?

Nohan s'est moqué de Léa. Aussitôt, Léa ressent de la colère. Les émotions surviennent **à tout moment**, sans prévenir, et sont souvent intenses. On en éprouve plusieurs chaque jour.

Quand elle s'est fâchée, Léa a froncé les sourcils et croisé les bras. Plus tard, lorsque les deux amis vont se réconcilier, un sourire éclairera leurs visages. Nos émotions **se voient** à travers nos expressions et nos gestes, elles sont visibles par tous.

À quoi ressemblerait la vie sans émotions ?

Sans les émotions, les hommes vivraient comme des robots, indifférents à ce qui leur arrive. Mais cela est impossible, car les émotions font partie de nous : elles nous poussent à agir. Grâce à elles, la vie est intéressante et pleine de surprises !

Elles servent à quoi, les émotions ?

Comme les émotions sont spontanées, elles nous font parfois **agir** sans réfléchir ou exagérément ! Mais, la plupart du temps, elles nous permettent d'avoir la bonne réaction face aux situations que nous vivons.

Lorsque nous sommes surpris, tous nos sens se mettent en éveil pour faire face à l'inconnu. Le dégoût, lui, nous **éloigne** de ce qui n'est pas bon pour nous : personne ne veut goûter un aliment moisi, et tant mieux car ça rend malade !

La colère peut être utile parce qu'elle fournit l'énergie nécessaire pour réussir quelque chose ou se défendre. La peur a elle aussi une fonction évidente de **protection** : devant un danger, elle pousse notre corps à réagir et à fuir.

Quant à la joie et à la tristesse, elles servent à créer des liens. Une personne triste attire l'attention de son entourage, qui ne la laisse pas à l'écart. D'ailleurs, repérer les émotions des gens nous permet d'**adapter** notre attitude : c'est important pour communiquer les uns avec les autres !

Pourquoi, parfois, je rougis ?

Margot rougit de honte, Pablo tremble de peur, Raphaël ouvre de grands yeux étonnés... Pas facile de **cacher** les émotions qu'on ressent ! À cause des mouvements des muscles du visage, nos **expressions** révèlent nos émotions.

La colère fait froncer les sourcils et serrer la mâchoire. Elle s'entend aussi au **ton** de la voix : une personne énervée parle fort.

Notre corps **réagit** aux émotions. Sous l'effet de la honte, par exemple, les vaisseaux sanguins qui se trouvent juste sous la peau du visage grossissent et donc le sang y circule davantage. C'est ce qui provoque le rougissement.

Sous le coup de l'émotion, nous avons des **gestes** que nous ne contrôlons pas toujours. La peur fait souvent sursauter. Notre **comportement** montre dans quel état nous sommes : inquiet, je répète le même geste nerveusement.

Peut-on rire pour de faux ?

Oui, quand on veut influencer l'attitude de son entourage. Pour éviter des moqueries, tu as peut-être déjà fait semblant de rire à une blague que tu n'as pas comprise. Ou tu as pleuré des « larmes de crocodile » (de fausses larmes) pour attendrir tes proches.

Est-ce que mon chien ressent aussi des émotions ?

Les animaux éprouvent les mêmes grandes émotions : joie, tristesse, colère, dégoût, surprise et peur. Comme pour nous, elles leur permettent d'adapter leur comportement afin de **survivre** dans leur environnement.

Par contre, ils n'ont pas les **capacités intellectuelles** nécessaires pour ressentir des émotions plus complexes comme la culpabilité ou la honte. Contrairement à nous.

Chaque espèce a son propre **mode d'expression**. Le chat fait le gros dos quand il se méfie. Un chien effrayé aboie ou recule, les oreilles baissées et la queue entre les pattes.

Les **mammifères** sont les animaux les plus émotifs. D'ailleurs, on repère mieux la joie chez un chien que chez un poisson ! Nos cousins les grands singes sont très **expressifs** : ils se prennent dans les bras quand ils se retrouvent, comme nous.

Pourquoi je peux passer du rire aux larmes ?

À chaque nouvel **événement**, une émotion chasse l'autre !
Ce peut être une émotion positive agréable (joie, fierté) ou
une émotion négative qui fait souffrir (tristesse, honte, jalousie).

La vie offre une infinité de petits plaisirs simples : manger du chocolat, rire avec un copain, marcher pieds nus sur le sable… Quand la joie ressentie dure plus qu'un instant, on éprouve un sentiment de bien-être : c'est ce qu'on appelle le « **bonheur** ».

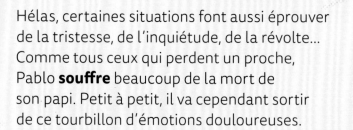

Hélas, certaines situations font aussi éprouver de la tristesse, de l'inquiétude, de la révolte... Comme tous ceux qui perdent un proche, Pablo **souffre** beaucoup de la mort de son papi. Petit à petit, il va cependant sortir de ce tourbillon d'émotions douloureuses.

Il suffit parfois d'une simple pensée pour ressentir une émotion : l'impatience à l'idée d'ouvrir bientôt ses cadeaux d'anniversaire ou la fierté liée au **souvenir** de son premier tour à vélo sans petites roues.

Pourquoi j'ai parfois envie de pleurer sans raison ?

Un jour, tout te paraît triste et ennuyeux. Un autre, tu te lèves du mauvais pied et tu te fâches pour un rien. Mais ça t'arrive aussi d'être gai sans raison. Ton humeur change : en fonction d'elle, tu ressens des émotions positives ou négatives.

C'est vrai que les garçons pleurent moins que les filles ?

Pendant très longtemps, les hommes ont eu le rôle de chef de famille : ils devaient se montrer **forts**. Les femmes s'occupaient des enfants et dépendaient de leur mari, alors elles paraissaient plus **douces et fragiles**.

Même si les choses ont changé, l'idée reste dans les têtes que les garçons sont courageux et coléreux et que les filles sont plus tendres et plus peureuses. Mais, finalement, ça dépend du **caractère** de chacun !

Alors, laissons de côté ces drôles d'idées ! Non, pleurer n'est pas « **un truc de fille** ». Les garçons aussi ont le droit de montrer leur douleur ou leur peine. Et puis c'est toujours mieux d'exprimer ses émotions que de les garder pour soi.

Comment les émotions naissent-elles ?

Ému, on sent son **cœur** battre plus fort, on a le cœur gros, serré ou brisé... Mais, attention, les émotions ne viennent pas du cœur. En réalité, elles se forment dans notre cerveau.

Tout commence par tes **sens** (la vue, l'ouïe, l'odorat, le toucher et le goût), car ce sont eux qui perçoivent ce qui t'entoure. Une odeur désagréable, par exemple, peut provoquer chez toi du dégoût !

Cette odeur captée par ton nez devient une information qui voyage jusqu'à ton cerveau. Elle suit un circuit avant d'être transmise à une zone du **cerveau** qui commande les **changements** dans ton corps liés à l'émotion.

ALERTE

Prenons la peur : elle fait s'accélérer les battements du cœur et la respiration pour amener plus d'oxygène dans les jambes.
La transpiration augmente, refroidissant le corps avant l'effort à fournir. De l'énergie est envoyée aux muscles. Bref, le corps se prépare à **courir** face au danger.

D'où viennent les émotions des rêves ?

Pendant ton sommeil, ton corps est au repos. Mais, au cours de la nuit, ton cerveau s'active et fabrique les rêves. Tu vis alors des aventures, avec les images et le son, chargées d'émotions.
Les cauchemars, ces rêves effrayants, sont très impressionnants !

Pourquoi Nathan est-il timide ?

Nous avons tous notre propre caractère, qui se révèle à travers les émotions que nous exprimons. À cause de sa timidité, Nathan est souvent **mal à l'aise**. Son copain Nino, au contraire, est sûr de lui, rien ne semble l'impressionner. Nous sommes tous différents, et c'est tant mieux ! Mais Nathan n'est pas que timide, il a aussi plein de qualités : il est imaginatif, gentil…

En voyant des camarades rire près de lui, Nathan **imagine** avec chagrin qu'ils se moquent de lui. Nino, lui, pense qu'ils s'amusent bien et il court les rejoindre. La même situation déclenche une émotion différente chez deux personnes.

Nathan est peut-être timide de nature, ou il manque de confiance parce qu'il ne se sent pas assez encouragé. Ou alors sa timidité est due à des moqueries qu'il n'a pas oubliées. Heureusement, elle peut **se combattre** et passera sans doute quand Nathan grandira !

Pourquoi Chloé est en colère quand Lisa a une nouvelle robe ?

Ce matin, Lisa arrive à l'école avec une jolie robe neuve. Aussitôt Chloé **envie** la robe de Lisa. Elle pense que ce n'est pas juste et réclame la même à ses parents.

Utiles, nos envies nous poussent à faire des efforts pour obtenir ce qu'on veut. Mais, là, l'envie de Chloé n'est qu'un **caprice**. En réfléchissant, elle va réaliser qu'elle ne veut peut-être pas cette robe autant que ça.

Pourquoi les parents de Chloé ne veulent-ils pas lui acheter cette robe ? S'ils disent « **non** », ce n'est pas pour être méchants. Ils préfèrent habituer leur fille à une réalité : dans la vie, on ne peut pas tout avoir !

Chloé a tout à fait le droit d'exprimer sa colère et son envie. Seulement, à ce moment-là, l'émotion ressentie est plus forte qu'elle ! En grandissant, Chloé sera capable de se raisonner et de mieux **contenir** ce qu'elle éprouve.

Pourquoi tu te sens mal après avoir fait une bêtise ?

Tu as joué un mauvais tour à quelqu'un, puis tu t'es rendu compte que c'était mal. Tu n'es pas fier de toi et tu regrettes... Ce que tu ressens de si désagréable, c'est de la honte et de la culpabilité. Après des excuses, tu te sentiras déjà beaucoup mieux !

23

Pourquoi mon ami Akihito ne montre pas ses émotions ?

Aux quatre coins de la planète, les hommes éprouvent les mêmes émotions que toi. Pourtant, tu t'étonnes de n'avoir jamais vu ton copain japonais Akihito se mettre en **colère**.

Quel que soit leur pays d'origine, les hommes ont les mêmes expressions du visage pour les mêmes émotions. Akihito sourit dès qu'il est joyeux. C'est une réaction naturelle et **universelle** : elle concerne tous les hommes.

Comme toi, Akihito ressent de la colère quand il est victime d'une injustice. Mais dans son pays, le Japon, montrer sa colère ou sa tristesse **en public**, ça ne se fait pas ! C'est le signe qu'on n'est pas maître de ses émotions.

Dans le sud de l'Europe, les Espagnols et les Italiens ont la réputation de **s'emporter** facilement et d'exprimer leurs émotions d'une façon... très voyante ! Les Italiens parlent en faisant beaucoup de gestes avec les mains.

D'où viennent les larmes ?

Quand l'**émotion** est trop grande, il nous arrive de pleurer sans pouvoir nous retenir. Le plus souvent ce sont des larmes de tristesse, mais on peut aussi pleurer de joie ou à cause d'un fou rire !

De petits organes au niveau des yeux, les **glandes lacrymales**, fabriquent le liquide chargé de maintenir les yeux humides. Ce liquide salé les nettoie et les protège en évacuant les petites poussières qui peuvent s'y introduire.

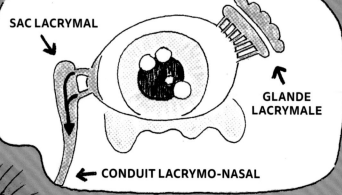

SAC LACRYMAL

GLANDE LACRYMALE

← CONDUIT LACRYMO-NASAL

26

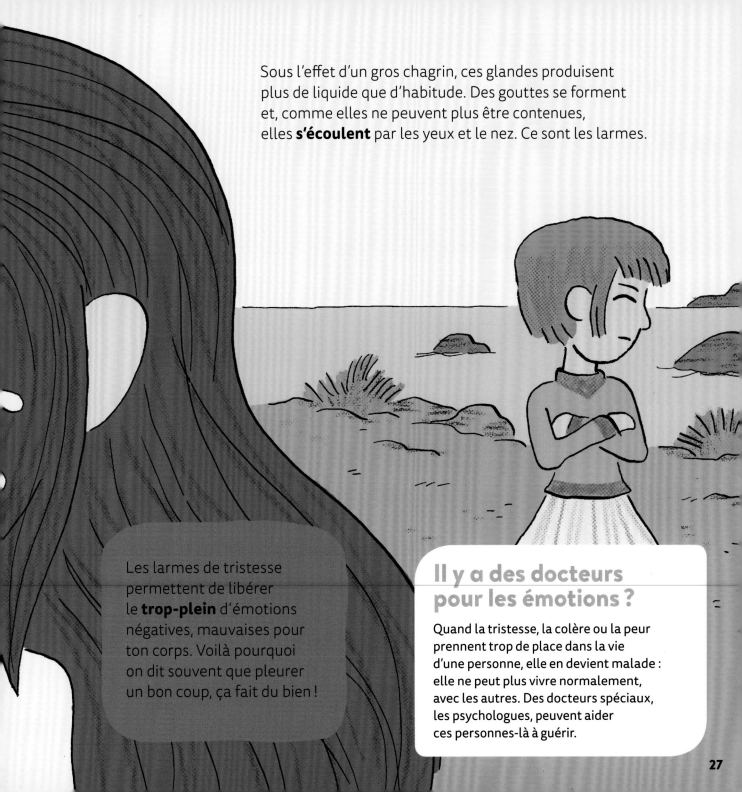

Sous l'effet d'un gros chagrin, ces glandes produisent plus de liquide que d'habitude. Des gouttes se forment et, comme elles ne peuvent plus être contenues, elles **s'écoulent** par les yeux et le nez. Ce sont les larmes.

Les larmes de tristesse permettent de libérer le **trop-plein** d'émotions négatives, mauvaises pour ton corps. Voilà pourquoi on dit souvent que pleurer un bon coup, ça fait du bien !

Il y a des docteurs pour les émotions ?

Quand la tristesse, la colère ou la peur prennent trop de place dans la vie d'une personne, elle en devient malade : elle ne peut plus vivre normalement, avec les autres. Des docteurs spéciaux, les psychologues, peuvent aider ces personnes-là à guérir.

27

Pourquoi je suis ému quand je regarde un film ?

Un film a souvent beaucoup d'effet sur nous. C'est le but ! L'histoire racontée et la façon de jouer des acteurs : tout est fait pour nous émouvoir, nous **faire ressentir** quelque chose. Il y a les films comiques, les films tristes, ceux qui font peur...

Toutes les autres formes d'art transmettent aussi des émotions : un morceau de musique, un spectacle de cirque, une peinture... Les artistes mettent dans leurs créations ce qu'ils ressentent, pour le **partager**.

Le **sport** aussi rend l'émotion contagieuse. Si tu as déjà vu un match de foot, tu as remarqué la réaction des spectateurs. Pour un but de leur équipe, souvent les fans se lèvent et crient leur joie « comme un seul homme » !

Les célébrations qui rythment nos vies sont l'occasion de partager des émotions entre amis et en famille. On s'amuse aux mariages et aux anniversaires. D'autres fois, c'est la tristesse qu'on affronte **ensemble**, lors d'un enterrement par exemple.

Ça fait quoi d'être amoureux ?

Tomber amoureux donne des émotions très fortes. Si celui ou celle que tu aimes ressent la même chose, quel **bonheur** ! On dit que l'amour nous fait pousser des ailes parce qu'on se sent fort, joyeux, comme si rien de mal ne pouvait nous arriver.

Si tu as déjà été amoureux(se), tu as peut-être ressenti de l'inquiétude à l'idée que l'autre ne le soit pas. Ou de la jalousie en la (ou le) voyant rire avec un (une) autre. Tu as pu avoir du **chagrin** si tu as perdu cet amour. Aimer n'est pas de tout repos !

Petit à petit, l'émotion provoquée par l'amour se transforme en **sentiment** : ce qu'on éprouve va durer longtemps. Ce sentiment s'épanouit quand on choisit de rester avec une personne parce qu'on se sent bien avec elle.

Est-ce que l'amitié est une émotion ?

L'amitié, comme l'amour, n'est pas une émotion mais un sentiment. Elle est source de joie, de tristesse, de jalousie et même de colère. Nous sommes facilement émus par les paroles et l'attitude d'un ami (ou d'un amoureux) parce qu'il a beaucoup d'importance à nos yeux.

31

Mes parents, ils éprouvent les mêmes émotions que moi ?

Les émotions ne sont pas **réservées** qu'aux enfants, les adultes en ont aussi. Mais les enfants, qui ont tout à découvrir, les vivent plus intensément.

Dès la naissance, les bébés font l'expérience des émotions. Avant de pouvoir parler, ils les expriment par leur comportement. S'ils pleurent souvent, c'est pour **alerter** leur entourage que quelque chose ne va pas : « J'ai faim ! »

Depuis tout petit, tu ressens des peurs très fortes. Bébé, le bruit et les étrangers t'effrayaient. Puis il y a eu la peur du noir, des monstres, des voleurs... Tous les enfants vivent ces peurs, qui disparaissent heureusement **quand on grandit**.

Tes parents éprouvent beaucoup d'émotions eux aussi, mais tu ne les vois pas toujours parce qu'ils les contiennent davantage. Tu crains de mal faire à l'école ? Pour tes parents, c'est peut-être la **même chose** à leur travail !

Pourquoi on a peur souvent ?

Devant une situation inconnue peu rassurante, nous avons **tous** peur, les petits comme les grands. Même le plus courageux de la classe, ton maître d'école, tes parents... Et il n'y a pas à en rougir !

Ta peur te **protège** : par crainte de marcher près des voitures, tu évites de mettre ta vie en danger. Toutefois, quand la peur prend trop de place, elle devient gênante, **paralyse** et empêche de vivre !

Tout le monde a été inquiet, un jour, d'échouer et de décevoir ses proches. Quelles que soient leurs causes, on peut **vaincre** ses peurs, petit à petit, en trouvant des solutions avec l'aide des personnes en qui on a confiance.

Certains éprouvent une peur intense à cause d'une chose précise : l'obscurité ou les araignées, par exemple. Leur panique est parfois impossible à **contrôler**. Ce qui les angoisse n'apparaît pas comme un danger pour les autres.

Pourquoi on aime se faire peur ?

Quand on se raconte des histoires de monstres, ça donne des frissons, mais pas question de s'arrêter ! Exprimer nos peurs à voix haute est un moyen de les rendre moins effrayantes. Dans certains manèges, on aime aussi crier à la fois de joie et de peur.

Pourquoi ça fait du bien de rire ?

Rire avec d'autres personnes est souvent merveilleux parce que, à cet instant-là, on sent qu'on partage quelque chose. C'est la plus chouette façon de renforcer la **complicité** et le lien d'amitié !

C'est une vraie **gymnastique** pour le corps ! Des muscles du visage (les zygomatiques) se contractent. Le cœur bat plus vite, le sang circule mieux. Les poumons se vident complètement pour mieux se remplir d'air. Les abdominaux travaillent, aidant la digestion.

Dès que nous rions,
notre cerveau libère
des messagers chimiques
qui circulent dans le corps.
Ils provoquent une sensation
de **bien-être** et agissent aussi
comme des **antidouleurs**.
Rire fait du bien.

En riant aux éclats, tu **chasses** les petites inquiétudes qui pèsent sur ton corps et ton esprit.
Et tu renforces ton système immunitaire, qui te permet de guérir. Pour notre **santé**,
les médecins conseillent de rire 10 minutes chaque jour !

Découvre tous les titres de la collection

Mes P'tites **?uestions**

Les Vikings

Bosses, rhumes et varicelle

Le code de la route

Le racisme

les avions

La Terre, la vie, l'Univers

les religions

pipi, caca et crottes de nez

les arbres

Les émotions

le bien et le mal

lire et écrire

l'amour et l'amitié

la liberté

les sports d'hiver

le président de la République

les rois et les reines

les écrans

le harcèlement

l'alimentation

l'amour et les bébés

le football

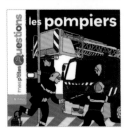
les pompiers

L'écologie

La préhistoire